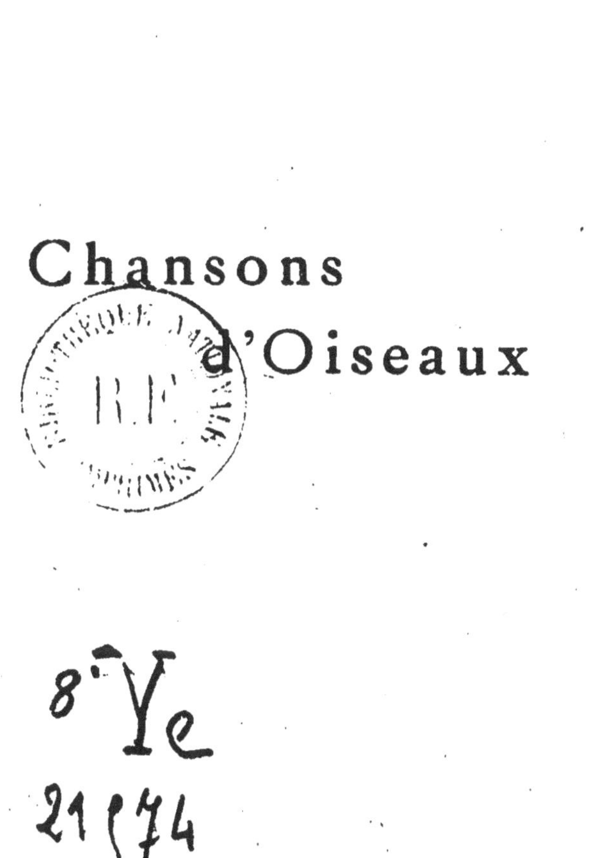

Chansons d'Oiseaux

Petite Collection rose

ANDRÉ THEURIET

Chansons d'Oiseaux

PARIS
LIBRAIRIE A. LEMERRE

Petite Collection rose

ANDRÉ THEURIET

Chansons d'Oiseaux

PARIS
LIBRAIRIE A. LEMERRE

ANDRÉ THEURIET
(1833-1907)

Dès ses premiers vers, André Theuriet fut salué par Théophile Gautier du titre, qu'il gardera toujours, de poète des forêts. « Son Chemin des Bois, *écrivait de lui l'auteur des* Émaux et Camées *dans son étude sur les* Progrès de la Poésie française depuis 1830, *nous ramène à la campagne, et l'on fait bien de suivre Theuriet sous les verts ombrages, où il se promène comme Jacques le Mélancolique dans la forêt de* Comme il vous plaira, *faisant des réflexions sur les astres, les fleurs, les herbes, les oiseaux, les daims qui passent et le charbonnier assis sous la hutte en branchages. C'est un talent fin et discret que celui de Theuriet; il a la fraicheur, l'ombre et le silence des bois; et les figures qui animent ses paysages glissent sans faire de bruit comme sur des tapis de mousse, mais elles vous laissent leur souvenir et elles vous apparaissent sur un fond de verdure, dorées par un oblique rayon de soleil. »*

Né à la lisière des hautes futaies de Marly, élevé au cœur des grands bois de la Meuse, si Theuriet a su dire avec une telle vérité dans l'émotion, en des vers d'un charme si prenant, les mystères et les chansons de la forêt, c'est que nul n'a plus que lui vagabondé par les sous-bois d'émeraudes ni mieux que lui écouté les trilles d'un rossignol. Toute la grâce du Chemin des Bois *et du recueil* le Bleu et le Noir, *du* Livre de la Payse *et du* Jardin d'Automne, *celle aussi des œuvres en prose,* Sauvageonne, l'Oncle Scipion, Amour d'Automne, *et tant d'autres encore, vient de cette source pure, qui s'appelle la sincérité.*

Chansons d'Oiseaux

Prélude

Hôtes des bois et de la plaine,
Vous qui chantez à perdre haleine
Dans la futaie et sur les eaux ;
Merles noirs et loriots jaunes,
Pinsons, tarins amis des aunes,
Linots, fauvettes des roseaux,
Grives, légères alouettes,
Et vous, rossignols, ô poètes,
Salut ! peuple heureux des oiseaux !

Buveurs d'air aux ailes alertes,
Ame et gaîté des forêts vertes,
Vous êtes des consolateurs...
A chaque retour de l'année,
Votre musique d'hyménée
Monte avec l'arome des fleurs.
Et sur la terre reverdie
Votre amoureuse mélodie
Endort les humaines douleurs.

Le Pinson

Fitt! fitt! fitt! Partout à la fois
Le pinson chante dans les bois.

Son ramage, qui se marie
Aux voix des merles familiers,
Annonce à tous les écoliers
Pâque fleurie.

Dans les taillis sans feuille encor,
Les cornouillers et la saulée
En fleur mettent une envolée
De poudre d'or.

Salut, pinson, jeune allégresse
De la forêt verte!... Salut.
Avril de la vie au début.
Prime jeunesse!

Fitt! fitt! fitt! Partout à la fois
Le pinson chante dans les bois.

Les Fauvettes

O fauvettes babillardes
Et mignardes,
Joie et charme du courtil,
Quand l'arbre sans feuille encore
Se décore
Des premières fleurs d'avril;

Gaîté des vertes lisières
De rivières,
Où votre nid, sur les eaux
Qui bercent sa somnolence,
Se balance
Entre trois brins de roseaux :

Vous avez l'éclat limpide
Et rapide
Des plaisirs vifs et trop courts ;
Votre leste villanelle
Nous rappelle
Nos printanières amours.

Le Chardonneret

Qu'avril grésille ou fleuronne,
Tressons notre nid, mignonne,
A nous deux.

Étends ton aile jonquille
Sur la bleuâtre coquille
De nos œufs.

La nuit sur la branche haute
Nous surprendra côte à côte
Auprès d'eux ;

Les froids réveils de l'aurore
Nous y trouveront encore
Tout frileux,

Mais le cœur chaud de tendresse,
Et l'un de l'autre sans cesse
Amoureux.

Le Rossignol

Le rossignol chante, et je rêve,
Grisé par son chant, que je bois
Un philtre fait avec la sève
Et les vertes senteurs des bois.
Sa voix monte, monte... J'écoute,
Et je crois retrouver la route
Des beaux jours perdus d'autrefois.

Ta musique est toujours pareille.
Depuis des siècles, tes accents,
Rossignol, enchantent l'oreille
Des princes et des paysans.
Ta chanson câline et sonore
Résonnait de même à l'aurore
Rougissante de mes quinze ans.

Ton chant ne meurt pas, ô poète!
Nous seuls, nous fermons sans retour
Notre bouche à jamais muette...
O rossignol, chantre d'amour,
Dans ces bois pleins de ta tendresse,
Si tu rencontres ma jeunesse,
Rends-la-moi, ne fût-ce qu'un jour!...

La Linotte et le Tarin

Dans les vieux clos aux murs croulants
Où pend la grappe du cytise,
La douce odeur des pommiers blancs
Lui monte à la tête et le grise.

Il rêve aux bois profonds et sourds,
Où dans quelque épaisse trochée
Il ira cacher ses amours
Et sa bégayante nichée.

Il prend son vol... Là-haut dans l'air,
Tout la-haut, bien longtemps encore
On entend son chant vif et clair
Passer, invisible et sonore...

Le Loriot

En juin tout s'empourpre à plaisir,
Les fraises des bois et les roses;
On voit comme un rouge désir
Passer sur la face des choses.

Partout aux splendeurs des couchants
La note dominante éclate :
Trèfles incarnats dans les champs
Et pavots à fleur écarlate.

Le géranium mêle aux rougeurs
Des œillets ses rougeurs exquises ;
Les jardins sont hauts en couleurs ;
Les clos sont rouges de cerises.

Et dans la chaleur de l'été
On entend, là-bas, sous les vignes,
Monter le chant clair et flûté
Du loriot mangeur de guignes.

Le Martin-Pêcheur

Quand, de l'aube au crépuscule,
Les feux de la canicule
Flambent dans les cieux ouverts,
Descends vers les roches creuses
Où les sources poissonneuses
Coulent sous les grands couverts.

Là, dans une ombre endormante,
Le chèvrefeuille et la menthe
Fleurissent à la fraîcheur;
Là, comme une flèche alerte,
On voit luire, bleue et verte,
L'aile du martin-pêcheur.

Sur l'eau qu'à peine il effleure,
Il brille, fuit et nous leurre
Comme un rêve évanoui;
Mais la splendeur azurée
De sa robe chamarrée
Reste dans l'œil ébloui.

Le Moineau

Moineaux errant à l'aventure,
Peu vous importent les étés
Ou les hivers... Mère nature
Fait de vous ses enfants gâtés.

Avril à vos amours fécondes
Offre ses touffes de lilas,
Août vous donne ses gerbes blondes,
Et septembre ses chasselas.

Quand la froidure vous assiège,
Plus d'une secourable main
Sur les balcons tout blancs de neige
Répand les miettes de son pain.

Par le soleil ou par la bise,
Comme des moines mendiants,
Partout vous trouvez table mise,
O moineaux pillards et friands !

La Bergeronnette

Dans ton costume blanc et noir
Comme l'habit d'une nonnette,
Sous les saules, de l'aube au soir,
Tu sautilles, leste et jeunette
Bergeronnette.

Parmi les pierres du lavoir,
Haussant, baissant ta longue queue,
Tu rythmes le bruit du battoir
Qu'on entend claquer d'une lieue
Sur l'eau bleue.

Aussi mobile qu'un désir,
Tu nargues l'enfant qui te guette :
Dès que sa main croit te saisir,
Tu rouvres ton aile, ô coquette
Bergeronnette !

Le Traquet

Matin d'automne. Un rayon luit
Faiblement, à travers la nue,
Sur la friche onduleuse et nue
Où la bruine à petit bruit
Tombe menue.

Tout est calme. Seul, sur les brins
Des genêts et des aubépines,
Sur l'épi bleu des vipérines,
Le vent fait briller des écrins
De perles fines :

Et seul dans l'humide frisson
Des feuilles pleurant sur la mousse,
Un oisillon à gorge rousse
Sautille et jette sa chanson
Allègre et douce.

Je reconnais ton clair caquet,
Oiseau solitaire et folâtre,
Hôte de la friche grisâtre,
Gaîté de la lande, ô traquet,
Ami du pâtre !

La Sittelle

Viens dans la forêt obscure,
   Nous deux tout seuls,
Sous l'odorante ramure
   Des grands tilleuls.

L'ombre verte au loin s'allonge ;
   Un rayon clair
S'y baigne... Il semble qu'on plonge
   Dans une mer.

Tac! tac!... Dans ce froid silence
Un bruit léger,
Tac! tac! revient en cadence
Et fait songer.

Au creux de quelque cépée
Trop à l'étroit
On dirait qu'une napée
Heurte du doigt.

Tac! tac! tac!... C'est la sittelle
Au bec d'acier,
Qui chasse aux vers et martèle
Un vieux sorbier.

L'Alouette

Alouette, gente alouette,
Musicienne de l'été,
Du haut du ciel dans la clarté,
Tu fais pleuvoir sur la terre muette,
Pleuvoir des perles de gaité.

Ayant choisi le ciel pour cible,
Comme un trait tu pars à travers
La brume grise, et dans les airs
Toujours plus haut tu planes invisible
Sur les pâtis et les blés verts.

Joyeuse alouette chantante,
Dans le bleu profond, calme et pur,
Tu n'es guère qu'un point obscur;
Mais tu remplis de ta voix éclatante
Les vastes plaines de l'azur.

Le Rossignol de muraille

Sur la ronce et la broussaille
Le rossignol de muraille
Fait son nid,
Au porche d'une masure,
Dans un trou de l'embrasure
De granit.

Sur la toiture écroulée
Où jaunit la giroflée,
Sa chanson
Vers les saules du rivage
Monte avec l'odeur sauvage
Du buisson.

Craignant l'homme et sa traîtrise,
Il vous fuit et vous méprise,
Oiseleurs,
Dans la sûre quiétude
De sa verte solitude
Tout en fleurs.

Le Bouvreuil

C'est un gourmand : le bec robuste,
L'œil clair et brun, l'œil d'un viveur
Qui s'y connaît et qui déguste
Un fruit à l'exquise saveur.

Le plaisir luit dans ses prunelles,
Quand il ressuie à quelque aubier
Son bec mouillé par les senelles
Et les grains juteux du sorbier.

Gras, rouge et noir, il a la mine
Béate et douce d'un prélat
Qui sort de table et qui rumine
L'arrière-fumet d'un bon plat.

Il chante, mais à voix légère,
Du fond du gosier, mollement,
Comme un délicat qui digère
En musique. — C'est un gourmand.

L'Hirondelle

Au réveil des vertes saisons,
La noire et rapide hirondelle
Revient vers le toit des maisons,
Comme une habitude fidèle;

Et ponctuelle, au premier froid,
Rouvrant son aile infatigable,
Elle fuit d'un vol sûr et droit
Vers l'Égypte aux déserts de sable.

Nous assistons, l'œil attristé,
A cette fuite vagabonde
Et notre cœur est tourmenté
D'un désir de courir le monde.

Nous nous sentons comme en prison
Et nous suivons, l'âme songeuse,
Jusqu'aux confins de l'horizon
Le haut vol de la voyageuse.

Le Rouge-Gorge

Tireli!... Le jour renaît.
Tout dort : râles de genêt
Et cailles dans les champs d'orge;
Mais ta matinale voix
Déjà réveille les bois,
    Rouge-gorge.

L'amour dans ton cœur mutin
S'éveille encor plus matin,
Car, dès avant la Saint-George,
Ton nid brave le grésil
Et les averses d'avril,
Rouge-gorge.

La tendresse en ta maison
Ne connaît pas de saison,
Et comme un beau feu de forge,
Automne ou printemps, toujours
Flambent tes chaudes amours,
Rouge-gorge.

Les Mésanges

Construisons un nid. Avril qui fleuronne
Couvre de bourgeons l'arbre et l'arbrisseau.
Entre les brins verts d'un saule marceau,
Mêlons les brins d'herbe au duvet, mignonne :

Car tes frêles œufs, chère compagnonne,
Veulent pour éclore un douillet berceau. —
Moi, j'apporterai mouche et vermisseau
Dans le nid qu'un fin duvet capitonne ;

Toi, tu couveras. — Sous la mousse en fleur,
Nos enfants naîtront, grâce à la chaleur
De ton aile blanche à bordure noire.

Vienne octobre avec ses sorbiers rougis,
Et nous serons quinze ou seize au logis,
Pour chanter en chœur l'automne et sa gloire.

Le Roitelet

Vers les mers lointaines et bleues
Les oiseaux frileux sont partis.
Loriots d'or et rouges-queues,
Faisant des centaines de lieues,
Ont pris leur vol loin des pâtis,
Vers les mers lointaines et bleues.

Un brave oiseau seul est resté.
Devant la bise qui les fouette
Quand tous les gros ont déserté,
Frêle et de taille si fluette,
Dans la forêt blanche et muette
Un brave oiseau seul est resté.

O roitelet à crête aurore,
C'est toi!... Tu jettes ton chant clair
Aux bois que le givre décore.
Salut, gaîté du vieil hiver,
Oisillon courageux et fier,
O roitelet à crête aurore!

Le Merle

En mars, le merle, gai siffleur,
Chante dans les pruniers en fleur.

Malgré les tardives gelées
Qui poudrent à blanc les prés verts,
Il sent le printemps à travers
Le ciel rayé de giboulées.

Longtemps d'avance il va rêvant
A des clos remplis de cerises,
Et flairant des odeurs exquises,
Il siffle, la narine au vent.

De loin, comme un mirage étrange,
Il voit, sous le pampre vermeil
Des vignes pleines de soleil,
Les raisins mûrs pour la vendange...

Et le merle noir, gai siffleur,
Chante dans les pruniers en fleur.

Les
Oiseaux du Pays

Les Moineaux

A vous, moineaux frétillards,
Gais pillards
Des treilles et des javelles ;
Oiseaux qu'en tout temps Paris
A chéris,
A vous mes chansons nouvelles.

Effrontés et familiers,
Par milliers,
Agitant vos ailes blondes,
Vous emplissez l'air du bruit
Et du fruit
De vos amours vagabondes.

Dans leur lit douillet blottis,
Vos petits
Sont mal emplumés encore,
Qu'au bord des nids, accouplés,
Vous brûlez
D'y voir d'autres œufs éclore.

Ainsi toujours maraudant
Et pondant,
Du printemps jusqu'à l'automne,
Par les jardins des faubourgs
Et les cours
Votre peuple ailé foisonne.

Pour vous, dans les clos ombreux,
Plantureux,
Où s'empourpre la cerise ;
Dans les espaliers des murs ;
Les blés mûrs,
Tout l'été la table est mise.

Mais par bandes, aux grands froids,
Sous nos toits
Vous revenez en nivôse,
Ébouriffés, grelottant
Et heurtant
Du bec à la vitre close.

Le Roitelet

I

Fugitif comme un rêve,
Vif comme un feu follet,
Tu voltiges sans trêve
Du chêne au serpolet,
Aile alerte et mignonne,
Petit porte-couronne,
Roitelet.

Sous la branche qui pousse
Comme un vert mantelet,
Ton nid, berceau de mousse,
Fuit l'œil du tiercelet.
C'est là qu'est ton royaume;
L'odeur des pins l'embaume,
Roitelet.

C'est là qu'est ta nichée :
Dix œufs blancs comme lait;
Ta pondeuse cachée
Les couve, et ton filet
De voix, joyeux et frêle,
Dit partout la nouvelle,
Roitelet.

Même l'hiver encore
L'arbre entend ton sifflet,
Ta huppe à crête aurore
Y laisse un chaud reflet,

Et les bois blancs de givre
Par toi seul semblent vivre,
Roitelet.

Le vieux fendeur fredonne
A ta vue un couplet;
Ta gaîté l'aiguillonne.
Tu mets, cher oiselet,
Tout en joie à la ronde...
Ami du pauvre monde,
Roitelet.

Le Merle

Voici la Chandeleur. Les dernières gelées
Sont moins rudes, l'hiver se fond en giboulées.

La pluie au bois ruisselle et fait, matin et soir,
Un bruit d'eau de moulin tombant du déversoir.

Mais le merle, parmi la bise pluvieuse,
Siffle gaîment déjà son aubade joyeuse.

L'allègre boute-en-train ne peut plus contenir
Sa joie, et dit partout : « Le printemps va venir ! »

Mars arrive, en effet, jetant des soleillées
A travers les forêts et les plaines mouillées.

Le printemps qui commence aux enfants est pareil ;
Le rire avec les pleurs alterne à son réveil.

Mais le beau merle noir, en dépit de l'averse,
Pressent la fleur qui pousse et la feuille qui perce ;

Il chante, et dans la haie où maint chaton jaunit
Il a déjà marqué la place de son nid.

Au cœur d'un saule creux ses petits, dans la mousse,
Durant les nuits d'avril dormiront sans secousse ;

Et quand, tout emplumés, ils seront assez forts
Pour quitter le logis et se risquer dehors,

Ils viendront se chauffer sur la maîtresse branche,
Comme de bons bourgeois sur leur seuil, le dimanche :

Tandis que sautillant d'arbre en arbre, et remis
En voix par un régal friand d'œufs de fourmis,

Le père lancera de claires vocalises
Dans les blancs merisiers et les jaunes cytises.

Le Martin-Pêcheur

Comme un éclair d'azur, le beau martin-pêcheur.
Traversant l'aubépine,
File droit vers son nid qui dort à la fraîcheur
Dans un creux de racine.

Au flot clair de la source et dans l'étang moiré
Son aile, qui chatoie,
Dès l'aube s'est trempée ; il a tout exploré,
En quête d'une proie.

Grisé d'air pur, le corps imprégné d'une odeur
Fine d'herbe fauchée,
Il arrive, et son cri perçant met en rumeur
La dormante nichée.

Tout laineux, les petits, sur le seuil accourant
A son appel sonore,
Du monde extérieur, merveilleux et si grand,
Ne savent rien encore.

Mais, en voyant leur père et son vol lumineux,
Leur vague instinct s'éveille,
Ils pressentent les prés, les étangs poissonneux
Qu'un rayon ensoleille,

Et la course rapide au ras des ruisseaux verts,
Ceints de joncs et de prêles...
Leur petite aile tremble, et de leurs becs ouverts
Sort un chœur de voix grêles.

La Fauvette à tête noire

Au mois de mai, toujours au fond de ma mémoire
Je retrouve ce coin de tableau printanier :
Un nid d'herbe et de crin dans un avelinier
Où tu rossignolais, fauvette à tête noire.

Le chèvrefeuille en fleur où l'abeille vient boire
Étendait sur tes œufs son toit hospitalier,
Et, seule dans la verte épaisseur du hallier,
Tu chantais le réveil du printemps et sa gloire.

Ton chant vif et rapide est pareil au plaisir,
O fauvette! Il en a la vivace étincelle,
Et la saveur exquise et brève ; il me rappelle

Tous ces fuyants bonheurs qu'on ne peut ressaisir
Les floraisons d'avril qu'un blond soleil caresse,
Les rougeurs du premier amour — et ma jeunesse.

La Fauvette des roseaux

O jaseuse, quand au printemps
Ton chant monte à perte d'haleine
Parmi les herbes des étangs,
Je songe au pays de Touraine
Où tu nichais au bord des eaux,
Dans les roseaux.

Je revois la Loire et la grâce
De ses coteaux aux doux contours,
Et les blancs châteaux en terrasse,
Où s'abritèrent tant d'amours
Qu'on sent dans l'air une caresse
Flotter sans cesse.

Le soleil brûle, il est midi ;
Les lourds chalands sur l'eau moirée
Gonflent leur voile au vent tiédi :
Ta voix stridente et délurée
Envoie un salut familier
Au batelier.

Au creux de la jonchaie ombreuse
Ton nid s'endort d'un frais sommeil,
Et toi, pour charmer ta couveuse,
Sur les joncs verts, en plein soleil,
Tu lances dans l'air qui flamboie
Ton cri de joie.

Sous la voûte des peupliers
Les chatoyantes demoiselles
Et les moucherons, par milliers,
Mêlent les frissons de leurs ailes,
Et tu poursuis tout en jasant
Leur vol dansant.

Ainsi de l'aube à la vêprée,
O le plus vivant des oiseaux,
Tu chantes, toujours affairée;
La nuit tombe, et dans les roseaux
On entend ton babil sonore
Bruire encore.

La Bergeronnette lavandière

Ceint de joncs et de menthe,
Le moulin tourne et chante
A fleur d'eau ;
Sur les berges pierreuses,
Les battoirs des laveuses
Font écho.

Dame bergeronnette
Mire sa gorgerette
Au flot clair;
En haut, en bas, sans cesse,
Sa queue avec souplesse
Bat dans l'air.

Elle semble, la belle,
Un maître de chapelle
Blanc et noir,
Qui rythme la cadence
Du moulin et la danse
Du battoir.

Elle court sur le sable
Et s'envole, semblable
Au Désir
Qui toujours nous devance
Et qui fuit dès qu'on pense
Le saisir.

Le Loriot

Juin tout flambant verdoie en plein azur.
Les bigarreaux, la guigne et la merise
Ont pris couleur ; un parfum de fruit mûr
Loin des vergers s'envole avec la brise.
La molle odeur qu'un bon vent favorise
Gagne l'Afrique, où, fuyant les hivers,
Plus d'un oiseau frileux fait sa remise ;
L'air s'en imprègne et, par delà les mers,
Le loriot a senti la cerise.

Il part; son beau poitrail d'un jaune pur
Est tout gonflé d'aise et de convoitise.
Rasant les flots d'un vol rapide et sûr,
Il vient chez nous, juste à l'heure précise
Où le fruit rouge est à point. Il se grise
Du suc juteux et du parfum des chairs;
Son bec se mouille et son gros œil s'irise,
Sa joie éclate en sons flûtés et clairs :
Le loriot a senti la cerise.

Guigne sucrée ou griotte au goût sur,
Il pille tout, trouvant tout à sa guise;
Puis vers le soir, dans un doux clair-obscur,
Ragaillardi par cette chère exquise,
Il fait un doigt de cour à sa payse
Au bord du nid suspendu dans les airs.
Galanterie est sœur de gourmandise
Et l'amour est le meilleur des desserts.
Le loriot a senti la cerise.

ENVOI

Roi des forêts, chêne, dans tes bras verts
Berce les œufs de mousse recouverts ;
Petits, brisez votre coquille grise :
Pour vous nourrir, dans les clos grands ouverts
Le loriot a senti la cerise.

Les Ramiers

Au fond des halliers
Du grand bois qui bourgeonne,
Entends-tu les ramiers,
Ô ma mignonne?

Dans les chemins creux,
Leur chanson vagabonde
Semble la voix profonde
Des printemps amoureux.

Elle s'élève,
Tombe et renaît;
C'est comme un rêve
De la forêt.

Lente caresse
Aux sons voilés,
Son chant nous laisse
Ensorcelés.

Nos cœurs, troublés
Par ces langueurs câlines,
A coups doublés
Battent dans nos poitrines.

Tout le long du jour,
Sous les feuilles nouvelles,
Viens, parlons d'amour
Au chant des tourterelles.

D'aimer et d'être aimé
Voici l'heure.
Contre mon cœur charmé,
Ah! demeure...
Mignonne est-il rose qui fleure
Mieux que l'amour, l'amour au mois de mai?

Sieste

Il est midi, le ciel brasille.
Sous un églantier rouge en fleur,
Une honnête et calme famille
A trouvé l'ombre et la fraîcheur.

Le père veille en sentinelle ;
La mère, assoupie un moment,
Tourne au moindre bruit la prunelle
Vers son petit monde dormant.

Le plus jeune à plein cœur sommeille ;
Les aînés, l'œil ouvert encor,
Suivent dans l'herbe un vol d'abeille
Au corselet brun strié d'or.

Heureuses gens ! Leur vie est douce.
Pour oublier le monde entier,
Il leur suffit d'un peu de mousse
Sous les brins verts d'un églantier.

Gueux et contents, d'un cœur candide
Ils s'aiment, ces originaux !...
Et c'est dans un pot de fleurs vide
Une famille de moineaux.

Le Pic-Épeiche

Messidor ensoleille
La forêt qui sommeille,
Ivre de la clarté
  Des ciels d'été.

Pas un oiseau qui chante,
Pas un bruit d'eau courante,
Sous l'herbe et le buisson
  Pas un frisson.

Au fond du bois paisible,
Seul, un être invisible
Frappe à coups redoublés
Et martelés.

Tac! tac!... Cela résonne...
On regarde... Personne!
L'hôte mystérieux
Échappe aux yeux.

C'est le grand pic-épeiche
Sondant l'écorce fraîche
Et les flancs ténébreux
Des chênes creux.

Son bec dur comme un marbre
Chasse hors du vieil arbre
Tout un peuple pervers,
Larves et vers

Les petits, près du père,
En le regardant faire,
Ouvrent leurs becs profonds
Et leurs yeux ronds.

Puis la bande repue
Vers la fourche trapue
D'un chêne décrépit
Gagne son nid.

L'épeiche, en père sage,
Les recompte au passage...
« Tous sont rentrés... Fermons
L'huis et dormons. »

La Mésange

Traversant d'épineux fourrés
Longs d'une lieue,
Tu viens boire aux sources des prés,
Mésange bleue.

Sous la ronce en fleur des buissons,
L'eau qui glougloute
Dans le filtre vert des crèssons
Fuit goutte à goutte.

Tu tends ton bec noir pointillé
De plume blanche,
Et parmi le gazon mouillé
Ta soif s'étanche.

Dans l'eau ton ongle, dur et fin
Comme une serre,
Se retrempe, et tu sors du bain
Armée en guerre.

Comme à la ville, dans les bois
On se dévore :
Luttant dès l'aube, au soir tu dois
Te battre encore.

Batailles pour vivre, à travers
Lande et ravine,
Et pour nourrir dix becs ouverts,
Criant famine ;

Combats cruels et hasardeux
Pour tenir tête
A l'écureuil, ce voleur d'œufs,
A la chouette...

Plantant ta griffe en pleine chair,
Brave obstinée,
Tu défends tout ce qui t'est cher :
Ta maisonnée ;

Et toi, que l'homme en sa bonté
Nomme méchante,
Tu viens sur ton nid respecté
Tomber sanglante.

Le Rouge-Gorge

J'ai fait ce rêve, ô ma chérie :
Nous aurions en pleine forêt /
Un toit, près d'un bout de prairie
Où, dans la grande herbe fleurie,
Un rouge-gorge nicherait.

C'est l'oiseau des amours ferventes :
Son poitrail, pareil en couleur
Aux sorbes déjà mûrissantes,
Porte les marques transparentes
Du sang vif qui brûle son cœur.

Son nid de feuilles, sous le hêtre,
Serait notre porte-bonheur ;
L'air plus frais, quand le jour va naître,
Nous enverrait par la fenêtre
L'aubade de ce gai sonneur.

Il chanterait quand mai décore
De muguet clairière et buisson,
Et nous l'entendrions encore,
Grisé des mûres qu'il picore,
Chanter à l'arrière-saison.

Quand la neige aux vitres se tasse,
Nous ouvririons pour le frileux
Le vitrail tout frangé de glace :
« Viens, rouge-gorge, prends ta place
Au bon feu clair, entre nous deux ! »

Et le chantre aux noires prunelles.
Pour payer l'hospitalité,
Nous dirait en battant des ailes
La chanson des amours fidèles
Qui flambent hiver comme été.

Les Hirondelles

Dans l'angle noirci de la cheminée
Haute et calcinée,
Au coin de la vitre, aux poutres des toits,
Sous l'auvent bordé de vignes nouvelles,
Nous avons ensemble essayé nos ailes,
Essayé nos voix.

Puis l'heure est venue où l'herbe frissonne
Aux bises d'automne,
Et nous avons pris toutes notre essor
Vers les pays bleus, sur lesquels sans cesse
Un soleil d'été, comme une caresse,
Tombe en nappes d'or.

Mais lorsque au désert notre vol se pose
Sur le granit rose
D'un vieux sphinx qui rêve aux siècles éteints,
Souvent nous songeons aux petites villes
Où nos nids muets dorment sous les tuiles
Des logis lointains :

Et nous revoyons les maisons bourgeoises,
Le clocher d'ardoises
Qui monte parmi les tilleuls en fleurs,
Et le pont de pierre où, comme des flèches,
Nous filions tout droit sous les arches fraîches,
Pleines de pêcheurs.

Et nous attendons, lasses de lumière,
L'aube printanière
Où, loin des ardeurs d'un soleil brutal,
Nous irons revoir les forêts de hêtres
Et les nids logés au coin des fenêtres
Du pays natal.

L'Alouette

Le jour commence à peine à blanchir les collines,
La plaine est grise encor ;
Au long des prés bordés de sureaux et d'épines,
Le soleil aux traits d'or
N'a pas encor changé la brume en perles fines ;

Et déjà, secouant dans les sillons de blé
Tes ailes engourdies,
Alouette, tu pars, le gosier tout gonflé
De jeunes mélodies,
Et tu vas saluer le jour renouvelé.

Dans l'air te balançant, tu montes et tu chantes,
Et tu montes toujours.
Le soleil luit, les eaux frissonnent blanchissantes;
Il semble qu'aux entours
Ton chant ajoute encor des clartés plus puissantes.

Plus haut, toujours plus haut, dans le bleu calme et pur
Tu fuis allègre et libre;
Tu n'es plus pour mes yeux déjà qu'un point obscur,
Mais toujours ta voix vibre;
On dirait la chanson lointaine de l'azur.

O charme aérien!... Alouette, alouette,
Est-ce du souffle heureux
Qui remue en avril les fleurs de violette,

Ou du rythme amoureux
Des mondes étoilés, que ta musique est faite?

Pour qui l'écoute, un jour de réveil printanier,
Lorsque la feuille pousse,
Elle a de ces accents qu'on ne peut oublier ;
Moins exquise et moins douce
Est la framboise mûre aux marges du sentier.

Moins vive l'eau jaillit dans la roche creusée,
Où le martin-pêcheur
Baigne l'extrémité de son aile irisée.
Moins fine est la senteur
De la reine-des-prés, moins fraiche est la rosée.

Tout s'éveille à ta voix : le rude laboureur
Qui pousse sa charrue,
Le vieux berger courbé qui traverse rêveur
La grande friche nue,
Se sentent rajeunis et retrouvent du cœur.

Sur tes ailes tu prends les larmes de la terre
A chaque aube du jour,
Et des hauteurs du ciel, par un joyeux mystère
Tu nous rends en retour
Des perles de gaité pleuvant dans la lumière.

Le Coucou

Le bois est reverdi ;
Une lumière douce
Sous la feuille, à midi,
Glisse et dore la mousse.
On dirait qu'on entend
Le bourgeon qui se fend
Et le gazon qui pousse.

Sur le bord des étangs
Où tremblent les narcisses,
Les trèfles d'eau flottants
Entr'ouvrent leurs calices.
Piverts et grimpereaux
Meurtrissent des bouleaux
Les troncs pâles et lisses.

La fauvette au buisson
Murmure une romance,
Courte et leste chanson
Qui toujours recommence.
Verdiers, pinsons, linots,
Merles et loriots,
Répondent en cadence.

O pénétrante voix
De la saison bénie!
Partout vibre à la fois
La tendre symphonie;

Tout s'égaie aux entours.
Les bois sont pleins d'amours,
De fleurs et d'harmonie.

Mais dans la profondeur
Du taillis qui bourdonne,
Comme un écho pleureur
Une note résonne :
Du coucou désolé
C'est l'appel redoublé,
La plainte monotone.

Quand les nids en émoi
Tressaillent d'allégresse,
Savez-vous, dites-moi,
Pourquoi cette tristesse ?
Pourquoi ce long soupir
Qui semble toujours fuir,
Et qui revient sans cesse ?...

Des saisons d'autrefois
Et des morts qu'on oublie,
Mes amis, c'est la voix
Dans l'ombre ensevelie :
Au soleil, à l'air bleu,
Elle envoie un adieu
Plein de mélancolie.

Elle dit : « Rameaux verts,
Songez aux feuilles sèches !
Blondes filles aux chairs
Roses comme les pêches,
Amoureux de vingt ans,
Enivrés de printemps,
Songez aux tombes fraîches ! »

Le Rossignol

I

Les nuits tièdes sont revenues.
Dans le bois qui bourgeonne encor,
A travers les feuilles menues,
Là-haut, tremble la lune d'or.

Les pleurs muets de la rosée
Baignent les fleurs au ras du sol,
Et dans l'air comme une fusée
Monte le chant du rossignol.

J'écoute, et noyé dans l'extase,
Comme un philtre je bois le son...
Mon cœur traduit phrase par phrase
La voluptueuse chanson :

« Au creux des aubépines,
Loin des yeux indiscrets,
Garnis de mousses fines,
Les nids sont déjà prêts ;

« Sur eux les jeunes branches
Forment un dôme vert ;
Les muguets ont ouvert,
En bas, leurs cloches blanches.

« Pour les frêles œufs gris
La couche est préparée...
Sous les rameaux fleuris,
Viens, ô ma préférée !

« Amour ! amour ! amour !
Les heures sont propices ;
Vois : chatons et calices
Éclosent à l'entour.

« La nuit est claire et douce,
Pourquoi tarder encor ?
Viens, le nid chaud de mousse
Attend son trésor... »

II

Et pendant que résonne, au creux de l'aubépine,
L'amoureuse chanson,
Les désirs renaissants qui gonflent ma poitrine
Chantent à l'unisson.

En voyant le printemps, jeune roi plein de grâce,
Venir avec sa cour,
J'avais aussi gardé dans mon cœur une place,
Un doux nid pour l'amour.

J'avais tout disposé pour mieux lui faire accueil ;
Mes plus tendres pensées
En frais vêtements blancs se tenaient sur le seuil,
Comme des fiancées.

Et dès le mois d'avril, quand je vis accourir
La première hirondelle,
Quand je vis les sureaux du jardin se couvrir
D'une robe nouvelle,

Debout sur le coteau, comme Héro sur sa tour,
Tremblant, j'attendis l'heure
Où, franchissant la plaine et la forêt, l'amour
Viendrait dans ma demeure...

De volupté le monde entier semble imprégné,
Et moi, j'attends encore,
Et bientôt les chers œufs dans le nid dédaigné
Ne pourront plus éclore.

Et mai, ceint de lilas, poursuit à travers bois
Sa course triomphante,
Et les astres là-haut palpitent à la voix
Du rossignol qui chante...

Ô rossignol charmeur, les airs passionnés
Que ton gosier module,
Les bourgeons verts, l'odeur des muguets nouveau-nés,
Tout ce printemps me brûle!

Dis, toi qui sais l'amour... M'a-t-il abandonné?
Fuit-il, et ma jeunesse
Est-elle un seuil sans hôte, un logis ruiné
Qui croule et qu'on délaisse?

Table

TABLE

LES OISEAUX DU PAYS

Paris. — Imp. Lemerre, 6, rue des Bergers.

PETITE

Collection rose

Volumes in-32, 11 × 7 1/2

Prix : Broché. . . . . 1 fr. 50

Cette nouvelle Collection formera la véritable Bibliothèque du chevet de la Jeunesse. Elle comprendra les œuvres des principaux poètes depuis la Renaissance jusqu'à nos jours.

Les noms les plus illustres et les ouvrages qui représentent le mieux le génie poétique de la France y trouveront leur place.

Nous avons eu le double souci de n'admettre,

dans cette publication, que des œuvres consacrées et qui puissent être mises entre toutes les mains.

Les jeunes gens et les jeunes filles apprendront ainsi à connaître, dans leur expression la plus parfaite, le talent des écrivains dont ils désireront acquérir par la suite les œuvres complètes.

PETITE

Collection rose

Volumes parus

Le Temple de la Rose.

P. de Ronsard. — Poésies.

Sully Prudhomme. — Jeunes Filles et Femmes.

J. Racine. — Ses plus beaux vers.

A. de Vigny. — Poèmes.

J.-M. de Heredia. — Sonnets et Poèmes.

J. de la Fontaine. — Ses plus beaux vers.

Les Maitres du Sonnet.

Fr. Coppée. — Promenades et Intérieurs.

A. Brizeux. — Marie.

A. de Musset. — Les Nuits.

A. Theuriet. — Chansons d'oiseaux.

Volumes en préparation

J. Soulary. — Sonnets.

P. Corneille. — Ses plus beaux vers.

Leconte de Lisle. — Poèmes et Poésies.

A. Chénier. — Poésies.

Ch. Baudelaire. — Poésies et Poèmes en prose.

F. Mistral. — Chants de Provence.

Desbordes-Valmore. — Idylles et Élégies.

A. de Vigny. — Les Destinées.

Sully Prudhomme. — Tendresses et Solitudes.

Molière. — Ses plus beaux vers.

La Chanson de Roland.

F. Coppée. — Poèmes et Récits.

La Pléiade française.

V. de Laprade. — Poésies.

A. Theuriet. — Poésies rustiques.

A. de Lamartine. — Méditations.

www.ingramcontent.com/pod-product-compliance
Lightning Source LLC
LaVergne TN
LVHW020328230826
846091LV00003B/805